Römisches Vorspiel

AF211087

Claudine

Römisches Vorspiel

Erotische Stories

Für die O.

Ein kleines Vorwort ...

Carlo hatte mich zwei Tage lang gevögelt, ohne Unterbrechung, so kam es mir jedenfalls vor. Es war ein schöner Pariser Frühlingstag und ich hatte das dringende Bedürfnis, wenigstens für ein paar Stunden an die frische Luft zu kommen. Also schickte ich Carlo heim, rief meine beste Freundin Amélie an und verabredete mich mit ihr in einem der Straßencafés in St. Germain de Près. Dort angekommen, begann ich ihr in meinem mäßigen Französisch sofort zu erzählen, was Carlo und ich in den letzten Tagen getrieben hatten. Als ich fertig war, sah sie mich nur an und sagte: „Weißt du was? Während du wie ein Wasserfall geredet hast, bin ich beinahe feucht geworden.“ Ich lachte nur. „Nein, ehrlich“, sagte sie, „du hast Talent. Vielleicht solltest du anfangen, erotische Geschichten zu schreiben.“

Wieder zu Hause, setzte ich mich an den Computer. Ich hatte Zeit und nichts Besseres zu tun

(Carlo war schließlich noch nicht zurückgekommen ...), warum sollte ich es nicht versuchen? Es war die reine Quälerei, bis ich auch nur den ersten Satz beendet hatte, aber dann begann es plötzlich zu sprudeln. Die Ideen, wie man so schön sagt, flogen mir nur so zu. Eine Woche lang schrieb ich, nur unterbrochen von den kurzen Besuchen Carlos, die mich, wie man sich denken kann, ebenso sehr entspannten wie inspirierten.

Nach einer Woche druckte ich einige kurze Erzählungen aus und las sie mir noch einmal durch. Sie waren nicht so schlecht, wie ich befürchtet hatte ...

Der langen Rede kurzer Sinn: Entstanden daraus ist dieses Buch. Vielleicht ist es keine große Literatur (ganz sicher sogar), aber wenn es nur einige wenige Leser unterhalten oder sogar ein wenig erregen sollte, hätte es sein Ziel schon erreicht.

Bis bald!

Eure Claudine

Inhalt

Der Auftrag 13

Sarah und der Maler 30

Geheimnisvolle Begegnung 51

Franziskas Geschenk 69

Römisches Vorspiel 89

Der Auftrag

Nachdem er eingesehen hatte, dass er an diesem Abend keine Erektion mehr bekommen würde, hatte Frederick die Nutte aus dem Hotelzimmer geschickt und sich verärgert auf den Weg zur Bar gemacht, um sich wenigstens noch einen Martini dry zu gönnen, bevor er sich ins Bett legen und zum zahmen Programm des Pornokanals einschlafen würde.

Es lag nicht an der Nutte – sie war ungefähr sein Typ (dunkles Haar, große Brüste und nicht zu schlank) und hatte eigentlich alles richtig gemacht. Es war sein eigenes Versagen, und das kam in letzter Zeit ein bißchen zu häufig vor, um reiner Zufall zu sein. Was war mit ihm los? Er war erst vierzig, gesund und sportlich, beruflich erfolgreich. Dass ihm das ewige Spiel der Verfüh-

ihre Hand auf die Ihres Mannes, „da sagte ich zu ihm, er solle doch einfach mal rübergehen und Sie an unseren Tisch bitten."

Frederick murmelte etwas, das wie ein „Sehr freundlich" klingen sollte.

„Übrigens", fuhr sie fort, „hat mir ihre letzte Fotostrecke in der *Vogue* sehr gefallen. Sie sind einer der wenigen Fotografen, die es verstehen, Frauen so zu inszenieren, daß sie auch auf das weibliche Geschlecht erotisch wirken. Eines der Kleider habe ich mir sogar gekauft", fügte sie mit einem Lächeln hinzu. „Auch wenn es an mir bei weitem nicht so gut aussieht wie auf Ihrem Foto."

„Meine Frau untertreibt, Mr. Feininger", mischte sich Henry ein. „Sie sieht in jedem Kleid phantastisch aus!"

„Oh, ich bin überzeugt, dass das so ist. Im Übrigen ist das das schönste Kompliment, das Sie einem Modefotografen machen können."

Er erinnerte sich gut an die Fotos, die in der Mai-Ausgabe der *Vogue* erschienen waren. Es war eine der aufreibendsten Produktionen gewesen, die er je gemacht hatte. Allerdings, und das wog alles wieder auf, auch eine der bestbezahlten.

Sie plauderten ein wenig, hauptsächlich über seine Arbeit, und er erfuhr nebenbei, dass Henry hier in Los Angeles eine Galerie für zeitgenössische Kunst betrieb, die offensichtlich ganz gut laufen musste. Die beiden waren freundlich, unkompliziert, nett, und er war froh, dass sie ihn an ihren Tisch gebeten hatten, denn das hatte dem Abend doch noch eine angenehme Wendung gegeben. Helen verstand einiges von Mode und ein wenig von Fotografie, was sie zu einer interessanten Gesprächspartnerin machte.

Irgendwann, es war schon spät und die Bar hatte sich allmählich geleert, beugte sich Henry zu ihm vor und sagte:

„Und jetzt, Frederick, möchten wir Ihnen ein Angebot machen. Haben Sie schon einmal pornographische Fotos gemacht?"

Frederick, der annahm, pornographische Kunst sei vielleicht eines von Henrys Sammelgebieten, beeilte sich zu entgegnen:

„Ich fürchte, damit kann ich nicht dienen. Meine Fotos sind meistens in irgendeiner Form erotisch, gewiß, aber an wirkliche Pornographie habe mich nie herangewagt. Vielleicht könnte Ihnen mein Galerist in den nächsten Tagen eine kleine Auswahl zeigen?"

Helen lächelte und sah dabei ihren Mann an, der fortfuhr:

„Ich glaube, Sie haben mich missverstanden. Ich will keine Fotos von Ihnen kaufen, ich möchte, dass Sie welche mit uns machen. Sie sollen uns beim Liebesakt fotografieren!"

„Ein solches Angebot ... Wissen Sie, das wäre absolutes Neuland für mich. Sicher, es könnte ganz interessant sein ..."
Frederick gelang es nicht, seine Verlegenheit zu verbergen. Er mußte Zeit schinden, sich eine Antwort überlegen. Doch Henry war schon aufgestanden, Helen tat es ihm gleich.

„Frederick, hier ist meine Karte. Sie werden es sich überlegen und mich dann morgen anrufen. Falls Sie zustimmen sollten – was wir beide hoffen –, sind Sie morgen Abend zum Dinner bei uns eingeladen."

Verwirrt gab er beiden die Hand. Noch während ihn der Aufzug in sein Stockwerk brachte, drehte er die Visitenkarte gedankenverloren zwischen seinen Fingern.

Im Taxi, das ihn am nächsten Abend zu den Foggs brachte, dachte er an das seltsame Paar, dessen Bekanntschaft er tags zuvor gemacht hatte. Helen und Henry … Selbst in ihren Namen herrschte die merkwürdige Harmonie, diese augenfällige Übereinstimmung, die die beiden verband. Ja, sie waren ein schönes Paar. Und in wenigen Stunden würde er diese Schönheit auf ein paar intimen Fotos bannen, die außer ihnen niemand zu Gesicht bekommen würde.

Das Haus der Foggs befand sich auf einem großen Anwesen und war, wie Frederick es sich vorgestellt hatte: Modern, weitläufig und voller Kunst. Henry besaß eine große Privatsammlung. Als sie ihn durch einen der vielen Flure führten, bemerkte er überrascht einige seiner eigenen Fotografien an der Wand.

Nachdem die Köchin das Geschirr abgeräumt

hatte, gingen sie mit ihren Kognakgläsern ins Wohnzimmer, in dessen Ecke bereits Fredericks Geräte bereitstanden. Er konnte nicht verhehlen, dass diese so ungewohnte Arbeitsatmosphäre ihn nervös machte. Die Foggs setzten sich auf ein großes schwarzes Ledersofa, hinter dem eine der zerschnittenen Leinwände von Lucio Fontana hing. Frederick packte seine Canon aus und befestigte das passende Objektiv an ihr. Dann stellte er die Leuchte auf. Er arbeitete lieber bei Sonnenschein, im Freien, aber das Licht in dem großen hellen Raum war phantastisch. Erst als alles bereit war, wandte er sich wieder zu dem Pärchen auf dem Sofa und sah, dass sie schon begonnen hatten, sich leidenschaftlich zu küssen.

Auch wenn es spontan wirkte, wußten die beiden genau, was sie taten und achteten darauf, dass ihre Oberkörper und Gesichter so weit es möglich war der Kamera zugewandt blieben. Er ging in die Hocke und machte schon einmal ein paar Probeaufnahmen, um warm zu werden.

Sie begannen sich gegenseitig auszuziehen. Sie waren beide ganz in Schwarz gekleidet und ihre

Kleidung verschmolz mit dem dunklen Leder, so dass ihre helle Haut noch auffälliger hervorstach. Obwohl Frederick sie schon atmen hören konnte, merkte er, dass auch sie noch zu sehr darauf achteten, was sie taten. Es war für alle Beteiligten eine Art Vorspiel.

Allmählich wurde er sicherer, verwandelte sich wieder in den Fotografen, den Profi und begann sogar, den beiden kurze Anweisungen zu geben, wie er es von der Arbeit mit seinen Models gewohnt war.

„Henry, fass ihr an die Brust und küss ihr den Hals dabei, ja so … sehr schön … jetzt lass die Brust wieder frei, berühre sie mit der Zunge … Schau dabei in die Kamera, genau so …"

Auch nackt sahen sie gut aus. Sie besaßen schöne, gut gebaute, trainierte Körper, die zueinander passten, wie ihre Namen. Sie betasteten gegenseitig ihre nackten Oberköper, während Frederick ständig seine Position wechselte, durchs Zimmer lief, seine Anweisungen gab und Aufnahmen machte. Inzwischen war es etwas ganz Natürliches. Was war sein Beruf anderes, als einen Voyeur zu spielen, ganz gleich, ob die Personen, die er durch sein Objektiv beobachtete, angezogen oder nackt waren? Und er war ein Voyeur aus Leidenschaft.

Henry schob Helens Rock nach oben, legte die teuer wirkenden Strumpfhalter frei, streichelte ihren Oberschenkel. Sie drängte sich näher an ihn. Sie trug keine Unterwäsche. Wenn sie die Beine bewegte, kam für einen Sekundenbruchteil etwas Rasiertes, rosa Schimmerndes zum Vorschein wie das Innere einer Muschel. Er hoffte, es würde zumindest auf ein paar der Aufnahmen zu sehen sein.

Helen knöpfte Henrys Hose auf und holte einen harten Penis ans Licht, dessen Ausmaße – wie Frederick mit einem kleinen Stich feststellen musste – beachtlich waren. Sie rieb ihn heftig, während sie weiter ihre Zunge in seinem Mund kreisen ließ. Auch er begann sie zwischen den Beinen zu streicheln und sie gab sie Fredericks Blicken preis, indem sie sie so weit wie möglich spreizte. Beide stöhnten leise und lustvoll.

„Zieht euch ganz aus!" Hatte seine Stimme ein

wenig gezittert? Vielleicht war es die Vorahnung, dass die Bilder wirklich großartig werden würden.

Henry kniete sich auf den Boden und versenkte seinen Kopf zwischen Helens Beine. Sie stöhnte auf und legte eine Hand auf sein Haar, das sie vorsichtig zerwühlte. Der fast obszöne Blick, den sie Frederick (oder der Kamera?) dabei zuwarf, hätte ihn fast aus der Fassung gebracht. Jetzt warf sie den Kopf zurück, Mund und Augen nur halb geschlossen. Dieser Anblick war so erregend, dass man hätte meinen können, sie sei ein professionelles Model. Mit der anderen Hand streichelte sie ihre kleinen spitzen Brüste, spielte mit den Brustwarzen.

Frederick brauchte keine Anweisungen mehr zu geben, sie machten alles von selbst. Henry legte sich auf den Rücken und Helen setzte sich rittlings auf sein Gesicht. Ihr Oberkörper bäumte sich auf. Fredericks Zittern nahm zu, sein Mund wurde trocken. Dann beugte sie sich nach vorn und nahm das geschwollene Glied in den Mund, das sich ihr entgegenstreckte. In sich versunken lagen sie da und befriedigten sich gegenseitig.

Überrascht stellte Frederick fest, dass er eine Erektion bekommen hatte. Helen schielte zu ihm herüber und konnte die Ausbuchtung in seiner engen Jeans schwerlich übersehen haben. Aber seine Freude über seine wieder erwachte Männlichkeit war größer als die Peinlichkeit, die er dabei empfand. Er fotografierte die beiden aus allen möglichen Perspektiven: Henrys Zunge, die Helens Klitoris massierte, während er ihre Hinterbacken so auseinanderdrückte, dass ihre kleine, empfindliche Rosette zu sehen war; Helens erhitztes Gesicht, das sich sehr langsam über Henrys Penis auf und ab bewegte; ein paar feuchte Strähnen klebten ihr an der Stirn. Von weitem sah man, wie sich ihr Hintern hob und senkte, und Frederick bedauerte es, dass er diese Bewegung nicht in einem Bild einfangen konnte.

Zuerst verstand er die Geste nicht, die Helens rechte Hand ausführte. Dann begriff er, dass sie ihn zu sich heranwinkte. Er nahm die Kamera vom Gesicht und näherte sich ihr. Was konnte sie wollen? Es verwirrte ihn, dass sie nicht aufhörte, an Henrys Penis zu saugen. Sie hörte auch nicht damit auf, als er neben ihr stand und im Begriff war, sie zu fragen, was los sei, und stattdessen legte sie ihre Hand genau auf die Stelle, an der seine Erektion zu sehen war. Es durchlief ihn heiß. War es das, was sie wollten? Ging es gar nicht um die Fotos? Dieser Gedanke war albern. So ein Adonis war er auch nicht.

Trotzdem öffnete sie seine Gürtelschnalle und zog den Reißverschluß nach unten. Als ob es darauf gewartet hätte sprang sein Glied heraus. Sie fing es in der Luft auf und begann sofort, die Vorhaut zurückzuziehen und es zu reiben, in demselben Rhythmus, in dem sie Henrys Penis mit den Lippen masturbierte.

Frederick schloß die Augen und ließ die Kamera sinken. Er hatte genug Fotos gemacht, jetzt wollte er sich nur noch der Situation hingeben. Er hatte schon ein paar Mal Erlebnisse zu dritt gehabt, aber noch nie unter solch ungewöhnlichen Umständen. Henry hatte sich nicht unterbrechen lassen und sich weiterhin zwischen Helens Beinen zu schaffen gemacht, doch jetzt ließ er plötzlich von ihr ab. Ohne Fredericks Penis loszulassen, machte ihm Helen Platz, damit er aufstehen konnte. Er lächelte Frederick mit seinem blendenweißen Gebiss an und sagte:

„Jetzt bist du an der Reihe. Gib mir die Kamera, ich übernehme für dich. Ich glaube, meine Frau will, dass du mit ihr schläfst."

Frederick war nicht in der Lage zu antworten, stattdessen knöpfte er sein Hemd auf und streifte es ab, während ihm Helen die Hose nach unten zog. Sie war auf allen Vieren hingekniet und streichelte mit einer Hand ihren Hintern.

„Na komm, mach schon, ich bin schon feucht!" flüsterte sie mit einem seltsam ernsten, herausfordernden Blick. Er kniete sich hinter sie auf das kalte Leder des Sofas und legte seinen Penis an ihre warme, feuchte Scheide. Ihr Hintern streckte sich ihm entgegen und er drang mit einem einzigen Stoß in sie ein. Zuerst bewegte er sich ganz langsam, noch abgelenkt durch Henry, der zwei Meter von ihnen entfernt stand und Fotos machte. Noch nie war er so bewußt vor einer Kamera gestanden, dies war nicht sein gewohnter Platz.

Es war das Zusehen, das ihn reizte, das Einfangen einzigartiger und vergänglicher Momente. Als Akteur fühlte er sich unwohl. Aber als er merkte, wie Helen auf ihn reagierte, ihn immer mehr bedrängte, vergaß er Henry und die Kamera, die auf ihn gerichtet war, und beschleunigte seine Stöße, die gleichzeitig immer heftiger wurden. Er beobachtete ihren Rücken, ihre Wirbelsäule, das Spiel ihrer Muskeln, ihren bebenden Hintern. Sie bewegte sich wie ein schönes Tier. Ein hungriges, schönes Tier. Sie schrie, schrie Worte, die er nicht verstand, die vielleicht die Laute eines Tieres waren, älter als die Sprache, älter als die Menschheit. Er fühlte, wie sich die Muskeln in ihrem Innern in immer heftigeren Kontraktionen um seinen Penis zusammenzogen. Seine Bewegungen wurden weniger kontrolliert, spontaner, er achtete nicht mehr auf das, was er tat, nur noch auf die reine Intensität, die ihn erfasst hatte. Sie waren nur noch zwei Körper ohne Bewusstsein, die sich aus eigener Kraft bewegten. Helen war zweimal gekommen, bevor sie innehielt. Mit einem lauten Schmatzen glitt er aus ihr. Sie legte sich zwischen seine Beine auf den Rücken.

„Ich will, daß du auf mir kommst!"

Mit beiden Händen ergriff sie sein Glied, das feucht und glitschig war, und begann es schnell und heftig zu reiben. Er kam mit einem lauten Schrei, heftig zuckend spritzte er seinen Samen auf ihre Brüste. Helen sah ihm lächelnd in die Augen und leckte ihre Lippen mit ihrer Zungenspitze.

Er selbst machte noch einige Fotos mit Helen, die mit gespreizten Beinen auf dem Sofa saß und mit spitzen Fingern sein Sperma auf ihrer Brust verteilte.

Ein paar Tage später waren die Abzüge fertig. Sie waren wirklich nicht schlecht geworden. Er schickte sie zusammen mit den Negativen und einer kleinen Karte an die Adresse der Foggs.

Ein paar Wochen später erhielt er eine Karte aus Venedig. Ihre Vorderseite schmückte eine von Helmut Newtons „Big Nudes". Auf der Rückseite nur ein Satz, in einer weiblichen Handschrift:

„Wir denken oft an Dich! Tausend Dank – Helen und Henry.“

Sarah und der Maler

„Nein, nicht, Manuel. Wir müssen doch aufstehen. Lass uns aufstehen!"

Sarah mochte es nicht, wenn Manuel sie morgens auf den Mund küsste, und Manuel wusste das. Dennoch nahm er mit einer fordernden Geste ihr Gesicht in seine Hände und küsste sie, bedrängte sie mit seiner Zunge. Sie ekelte sich. Es war schon spät. Aber Manuel wusste auch, dass sie bei seinen großen Händen auf ihrem Körper schnell schwach wurde. Sarah drehte sich um und rieb ihren Hintern an seinem steifen Schwanz. Mit angefeuchteten Fingern öffnete sie ihm ihre Scheide. Er drang in sie ein und fickte sie langsam, bedächtig. Wenn er sie auf diese Weise nahm und sie mit zwei Fingern ihre Klitoris massierte, kam sie innerhalb von wenigen Minuten. Auch er brauchte nur noch ein paar kurze Stöße, und sie spürte, wie er sie füllte.

Als sie in der Küche Kaffee tranken, befiel sie ein Gefühl von Langeweile. Das unbestimmte Gefühl, dass irgendetwas sie anwiderte. Sie wich Manuels Blicken aus. Dabei hatte sie ihn gern.

„Was ist denn?" fragte er mehr ungeduldig als einfühlsam. „Was ist los? Heute ist doch der große Tag. Bist du aufgeregt?"

„Nein, kein bisschen", log sie.

Tatsächlich: Heute war der große Tag. Manuels Vater hatte den Maler, einen alten Studienfreund von ihm, endlich angerufen. Der war zwar überrascht gewesen, hatte sie und Manuel aber bereits für den nächsten Tag eingeladen.

Der Maler war berühmt, nicht nur in Sammlerkreisen, und Sarah hatte ihn schon bewundert, bevor sie begonnen hatte, Kunstgeschichte zu studieren. Inzwischen hatte sie sich auch in Seminaren mit ihm beschäftigt und dadurch war der Gedanke, ihn wirklich einmal persönlich treffen zu können, in noch weitere Ferne gerückt. Aber heute war es soweit.

Auf der Straße nahm sie Manuels Hand. Manchmal wunderte sie es immer noch, dass dieser Mann, der scheinbar unbeteiligt und von ihr unabhängig neben ihr herlief, tatsächlich ihr gehörte. Ein seltsames Geschenk. Aber ein schönes …

Das Atelier des Mahlers schien ihr kein Atelier zu sein, sondern eine Müllhalde. Bemalte und leere Leinwände waren ohne erkennbare Ordnung übereinander gestapelt, rostige Farbbüchsen, unzählige Pinsel, Stühle, Tische, die allesamt vom Sperrmüll zu kommen schienen, Skulpturen, Nippes – alles bildete ein verwirrendes, nicht durchschaubares Chaos. Man bewegte sich durch den riesigen Raum wie durch ein Labyrinth.

Obwohl das Atelier wirklich groß war, schien der riesige breite Körper des Malers es mit seiner Präsenz beinahe auszufüllen. Es waren vor allem seine Augen, die Sarah vom ersten Blick an faszinierten. Gewiss, er war nicht im klassischen Sinne schön, er war zu alt, aber trotz einer gewissen Körperfülle wirkte er nicht dick, vielmehr muskulös, athletisch. Mit seinem Blick und einem

Händedruck, der ihr einen Sekundenbruchteil zu lang schien, hatte er sie bereits eingefangen.

Sofort führte er die beiden durch sein Reich, zog aus dieser und jener Ecke ein Bild hervor und erklärte es ihnen. Noch an der Eingangstür waren Sarah tausend Dinge im Kopf herumgeschwirrt, die sie ansprechen, über die sie mit ihm fachsimpeln wollte. Jetzt konnte sie sich kaum konzentrieren, brach mitten im Satz ab, verscheuchte ihre wirren Gedanken mit einer ärgerlichen Handbewegung. Ab und zu merkte sie, dass Manuel sie verwundert ansah.

Schließlich sah Manuel auf die Uhr und sagte, es sei Zeit, er müsse jetzt zu einer Vorlesung. Der Maler wandte sich an Sarah:

„Und Sie, junges Fräulein, müssen Sie auch zu einer Vorlesung? Wenn nicht, würde ich mich gern mit Ihnen über ein paar Bilder unterhalten, unter Experten sozusagen. Ich meine", fügte er mit einem ironischen Lächeln hinzu, „natürlich nur, wenn Ihr Freund es erlaubt."

Manuel verstand zwar nichts von Kunst, trotzdem hatte er seinen Stolz und natürlich stimmte er zu und verabschiedete sich schnell. Sarah blieb nur Zeit, ihm einen flüchtigen Kuss auf die Wange zu drücken.

Als sie allein waren, nahm Sarah ihren ganzen Mut zusammen und fragte, an welchem Werk der Maler zurzeit arbeite und ob sie es sehen dürfte. Der Maler wies mit seiner riesigen, behaarten Hand in eine Ecke des Raums, wo eine große, aber verhängte Leinwand stand.

„Das dort wird mein Meisterstück, ein Monumentalgemälde, an dem ich schon seit Monaten arbeite. Aber das Meiste ist noch nicht ausgereift und in diesem Stadium zeige ich meine Bilder nie jemandem. Vielleicht dürfen Sie es irgendwann sehen, irgendwann … Und jetzt kommen Sie, junge Dame, folgen Sie mir!"

Sarah fragte nicht, wohin. Einerseits wagte sie es nicht, andererseits ahnte sie es. Hatte sie es nicht von Beginn an geahnt? Wie eine Schlafwandlerin folgte sie dem breiten Rücken des Malers ins obere Stockwerk. Sie fand sich in einem Zimmer wieder, das bei weitem nicht so groß war wie das Atelier, aber fast noch weitläufiger wirkte, denn es war vollkommen leer. Nur ein Gegenstand befand sich darin: Ein großes, weißes, breites Bett; daneben lagen nur ein zerknitterter Skizzenblock und ein Stück Zeichenkohle.

Der Maler lachte.

„Sehen Sie, von hier aus hat man entschieden die bessere Aussicht."

Sarah antwortete nicht, sah ihn nicht an, ging nur wortlos ans Fenster. Er hatte recht: Man überblickte die ganze Altstadt.

Sie war nicht überrascht, als sie seinen Atem an ihrem Hals spürte. Nur ihre Nackenhaare sträubten sich ein wenig. Es war so natürlich. Sie hatte nur ein dünnes Trägerkleid an, in dem sie sich nackt fühlte. Wie selbstverständlich streifte ihr der Maler die Träger ihres Kleides über die Schultern, das zu Boden glitt. Jetzt trug sie nur noch ein weißes Höschen. Behutsam legte der Maler seine großen Hände auf ihre festen Brüste.

„Jetzt hätte ich gern eine kleine Affäre mit Ihnen. Mit dir!"

Er brauchte keine Antwort. Dass sie sich nicht wehrte, war Bestätigung genug.

„Dreh dich um!"

Als hätte sie das alles von Anfang an erwartet, ließ sie sich umdrehen und nach unten drücken. Sofort wusste sie, was er meinte. Sie kniete sich hin und öffnete die Hose des Malers. Sein Schwanz war gewaltig, hart, pulsierend. Es schien, als würde er auf jede ihrer Bewegungen reagieren. Vorsichtig nahm sie seine Eichel in den Mund. Schon die allein schien sie auszufüllen. Noch nie waren ihr solche Dimensionen begegnet. Doch es reichte ihm nicht, dass sie an seiner Eichel leckte und saugte. Er packte sie an den Haaren, fixierte ihren Kopf und führte seinen Schwanz bis zur Hälfte ein. Sie musste würgen. Auf dem harten Fußboden schmerzten ihre Knie, aber das machte nichts. Nichts war wichtig im Moment. Sie hielt sich an seinen haarigen Oberschenkeln fest, während er sie langsam und unerbittlich in den Mund fickte. Sie musste nichts tun, als den Kiefer aufzureissen und die Zähne mit ihren Lippen abzuschirmen. Noch nie war sie so benutzt worden und, mein Gott!, es gefiel ihr. Kurz bevor er mit einem lauten Grunzen kam, zog er seinen

Schwanz aus ihrem Mund und spritzte ihr ins Gesicht. Sein Sperma war überall, es klebte in ihren Haaren, in ihren Wimpern, sie konnte nichts sehen und bekam kaum Luft. Trotzdem wischte sie es nicht ab.

„Und jetzt leck ihn mir sauber."

Gehorsam leckte sie seinen noch vibrierenden Schwanz ab, ließ keinen Zentimeter aus und saugte die letzten Tropfen aus seiner Eichel. Er hob sie auf, nahm sie tatsächlich auf den Arm, als sei sie ein kleines Kind, und warf sie in das große, weiße, breite Bett. Die Matratze federte leicht. Er setzte sich zu ihr auf den Rand.

„Bleib so liegen und beweg dich nicht."

Aber Sarah hatte gar keine Lust, sich zu bewegen. Sie blieb so, wie sie war, und schloss die Augen. Das leise, kratzende Geräusch verriet ihr, dass er sie zeichnete. Mehrmals riss er ein Blatt aus, zerknüllte es und warf es auf den Boden. Nach einer Weile stieß er sie an und sagte in einem weniger strengen Ton:

„Jetzt kannst du dich wieder bewegen. Sieh mal, das bist du."

Sie erkannte sich tatsächlich wieder. Ihr Körper ruhte in einer komischen Verrenkung auf dem Laken. Das Gesicht schien ihr zunächst etwas verzerrt, bis ihr aufging, daß es auch auf der Zeichnung über und über mit seinem Samen beschmiert war. Jetzt wollte sie es abwischen, aber mit einer Geschwindigkeit, die er ihr nicht zugetraut hätte, fing er ihre Hand in der Luft auf. Mit derselben Geschwindigkeit packte er auch ihr anderes Handgelenk und drückte sie mit Gewalt in die Kissen zurück. Innerhalb einer Sekunde lag er über ihr und drang mit einem Stoß und ohne Vorwarnung in sie ein. Es war, als würde sie mit einem Speer durchbohrt, als hätte man ihr einen Ast zwischen die Beine gerammt. Sein schwerer Körper erdrückte sie, sie glaubte zu ersticken.

Dieses Mal ging es nicht so schnell. Er fickte sie unerbittlich, seine Stöße waren wie Schläge, die er ihr versetzte. Es war unglaublich. Nach einer halben Stunde waren ihre Schamlippen wund, aber sie hatte schon den zweiten Orgasmus, der nicht aufhören wollte. Sie schrie, als ob sie um Hilfe rufen wollte, aber es waren die Schreie purer Lust. Als er ihn herauszog, war sie nahe daran, das Bewusstsein zu verlieren. Es war nicht weniger Sperma als das erste Mal, und sofort begann es, auf das Laken zu fließen.

Aus dem Badezimmer holte er ihr ein Handtuch und warf es ihr ins Gesicht.

„Mach dich sauber! Und komm am Samstag wieder!"

Natürlich kam sie wieder. Manuel sagte sie nichts, obwohl sie kein schlechtes Gewissen hatte. Schließlich konnte sie nichts dafür. Es war stärker als sie. Diesmal kam sie gar nicht bis ins Atelier, denn der Maler erwartete sie, mit Ölfarben an Händen und Gesicht, auf der Treppe, die weiter ins oberste Stockwerk führte. Bevor sie gemeinsam hochgingen und ohne ein Wort der Begrüßung zu wechseln, musste sie sich auf einer der knarrenden Holzstufen hinknien und wieder jene Prozedur über sich ergehen lassen, die offenbar das Begrüßungsritual des Malers war. Schon von unten hatte sie seine gewaltige Erektion gesehen, die der Stoff seiner Hose nicht zu verbergen in der Lage war.

Doch anders als das letzte Mal durfte sie heute sein Sperma schlucken. Er produzierte es tatsächlich in gewaltigen Mengen, immer wenn sie glaubte, endlich fertig zu sein, spritzte er ihr eine neue Ladung in den Mund. Sarah verschluckte sich, aber er ließ nicht nach, hielt ihren Kopf fest und entleerte sich weiter in ihr. Fast hätte sie gekotzt.

In seinem großen, weißen, breiten Bett wollte sie ihre Stellung wieder einnehmen und die Augen schließen, doch er ließ sie nicht zur Ruhe kommen. Ohne ein Wort zu verlieren, zog er ein Stück Stoff unter dem Kopfkissen hervor – Sarah erkannte, dass es eine zerrissene Leinwand war – und machte sich daran, ihre Handgelenke festzubinden. Das Ende der Leinwand befestigte er hinter ihr am eisernen Bettgestell.

Mit beiden Händen betastete er sie, mit einer Sanftheit und Genauigkeit, die man ihm in seiner Grobschlächtigkeit nicht zugetraut hätte. Normalerweise fühlte sie sich nicht besonders weiblich mit ihrem jungen, schlanken, fast jungenhaften Körper, an dem kein Härchen zu sehen war, denn sie rasierte sich überall sehr sorgfältig. Ihre kleinen Brüste hätten dreimal in seine Hand gepaßt. Mit zwei Fingern quälte er ihre Brustwarzen, die augenblicklich steif wurden. Es war ein süßer Schmerz.

Anschließend fesselte er ihre Füße, jedoch einzeln, so daß ihre Beine stark gespreizt waren. Mit einem dritten Leinenfetzen verband er ihr die Augen. Es machte sie scharf, nichts zu sehen und trotzdem seine Hände zu spüren, die wieder über ihren Körper glitten. Obwohl sie wusste, dass es ihm nicht um ihre Lust ging – vielleicht aber auch genau deswegen –, wurde sie schnell feucht.

Dann kam er über sie wie eine Naturgewalt. Wie machte er das? Während er sie gefesselt hatte, war seine Erektion wieder erwacht, noch gewaltiger als zuvor. Sie sah nichts, sie hörte nichts, sie konnte kaum atmen unter dem Gewicht seines Körpers, aber sie hatte es noch nie so genossen, von einem Mann gefickt zu werden wie ein beliebiges Stück Fleisch, das er sich nahm wie und wann er wollte. Sein Schwanz war so groß, daß er kaum durch ihre Öffnung passte, und sie hatte das Gefühl, gleich zu platzen.

Wieder näherte sie sich dem Höhepunkt, ihr ganzer Körper reagierte darauf, aber er scherte sich nicht darum, obwohl er es hätte merken können. Interessierte es ihn nicht, wie sehr sie es genoss, von ihm gefickt zu werden? Offenbar nicht. Er machte einfach weiter, küsste sie hastig auf Schulter und Hals, biss sie ins Kinn. Kurz vor seinem Orgasmus zog er ihn heraus und spritzte ihr seine Ladung auf Bauch und Brüste, auf ihre Schultern und Arme.

Sarah achtete schon lange nicht mehr darauf, was um sie her geschah. Wann hatte er von ihr abgelassen, war er von ihr runter gestiegen? Irgendwann wachte sie auf und hörte das unbestimmte Geräusch neben sich, das die Zeichenkohle auf dem Papier machte. Schließlich nahm er ihr die Augenbinde ab, aber ohne sie ganz zu befreien, und zeigte ihr mit zufriedenem Gesichtsausdruck das Ergebnis. Sie erkannte sich kaum, wie sie mit der Binde über dem Gesicht in der Haltung einer Gekreuzigten dalag. Wieder hatte er die Schlieren seines Samens, die überall waren, so betont, dass ihr Körper ein bißchen verzerrt wirkte.

Sarah ging nun jeden Samstag zu dem Maler. Wenn Manuel auch nichts Genaues wissen konnte, hatte er etwas gemerkt und wandte sich innerlich von ihr ab. Sarah tat es leid, aber sie unternahm nichts dagegen. Stattdessen wurde sie immer abwesender, unkonzentrierter, schien nur noch die Zeit totzuschlagen, bis endlich der Samstag gekommen war. Sie war die Muse des Malers! Sie spielte sogar mit dem Gedanken, sich von Manuel zu trennen. Vielleicht war es möglich, ganz zu dem Maler zu ziehen. Sie hätte alle Tage dort verbringen können, sie hätte den Haushalt geführt und würde den ganzen Tag in seinem großen, weißen, breiten Bett liegen und darauf warten, dass er die Arbeit unterbrach, um sich von ihr zu nehmen, was er brauchte.

Manchmal war seine Begierde so groß, dass er sie gleich mehrmals hintereinander fickte, nur mit den kurzen Unterbrechungen, in denen er sie zeichnete. Für Sarah bedeutete das jedesmal ein

Orgasmus, der stundenlang zu dauern schien.

Er war es auch, der ihren Hintern entjungferte. Er tat es in der gewohnten Art, ohne Vorwarnung, ohne zu fragen, unerbittlich, rücksichtslos. Er hatte nicht einmal Gleitgel benutzt, Sarah musste seinen Schwanz zuvor mit ihrem Speichel anfeuchten. Es war wie eine Explosion. Tagelang hatte sie Schmerzen, die sie genoss, weil sie dabei an den Maler dachte.

Mit der Zeit gewann sie sein Vertrauen und er verzichtete darauf sie zu fesseln. Einmal befahl er ihr sogar, sich auf ihn zu setzen. Es war, als würde sie sich selbst einen Pfahl zwischen die Schenkel rammen. Das süße, schmerhafte Gefühl, aufgespießt zu werden … Auch in dieser Position erlaubte er ihr nicht, sich zu bewegen, hielt mit beiden Händen ihre Hüfte fest, als sei sie eine Puppe, und fickte sie von unten in einem schwindelerregenden Tempo, das sie alles vergessen ließ.

Jedesmal fertigte er mindestens eine Zeichnung von ihr an, am Liebsten, wenn irgendeines ihrer Körperteile mit seinem Sperma beschmiert war.

Einmal musste sie, nachdem sie es miteinander getrieben hatten, ihre Beine dicht vor seinen Augen auseinanderspreizen, damit er ihre Vagina zeichnen konnte, aus der ein Strom seines Samens floss.

Eines Tages, es war nun schon zwei Monate her, daß sie den Maler kennengelernt hatte, stieg Sarah die alte, knarrende Treppe hinauf. Der Maler stand nicht an seinem gewohnten Platz. Also ging sie hinauf, um nachzusehen, ob er schon im Schlafzimmer bereitstand. Aber das große, weiße, breite Bett war leer. Verwirrt klopfte sie an die Tür des Ateliers, die seltsamerweise abgeschlossen war.

Ein unwirsches „Herein!" drang zu ihr. Dann hörte sie Schritte, ein Schlüssel drehte sich im Schloss. Die Tür öffnete sich einen Spalt breit, der ganz von der enormen Masse des Malers ausgefüllt wurde.

Sarah wurde unsicher. „Ich dachte … heute ist doch Samstag."

„Ich weiß", antwortete der Maler grob. „Aber du brauchst nicht mehr zu kommen. Ich habe, was ich wollte. Du kannst gehen. Komm nie wieder hier her."

Die Tür schloss sich wieder. Einen Augenblick lang stand Sarah vor der geschlossenen Tür und wußte nicht, was sie tun sollte. Dann verließ sie das Haus, ging, nein, rannte nach Hause, warf sich auf ihr Bett und weinte. Was hatte er gemeint? Was meinte er nur? Warum brauchte er sie nicht mehr? Sie wusste, auch jetzt würde sie seinem Befehl gehorchen und das Haus nie mehr betreten. Als Manuel abends nachhause kam, hatte sie Abendessen gemacht. Ihre Augen, die sie bestimmt zehnmal mit kaltem Wasser ausgewaschen hatte, verrieten nicht mehr, dass sie den ganzen Nachmittag geweint hatte. Sie umarmte Manuel, küsste ihn auf den Mund und führte ihn ins Schlafzimmer.

Als der Maler im nächsten Sommer seine erste große Ausstellung seit langem in der Stadt eröffnete, hatte Sarah nicht vorgehabt, sie zu besuchen. Aber Manuel hatte so sehr darauf gedrängt, dass sie sich nicht weiter sträuben konnte, ohne ihn mißtrauisch zu machen. Das alles war schon so lange her.

Die meisten Bilder der Ausstellung kannte sie schon aus der ersten Führung in seinem Atelier. In einem der Räume hing nur ein großes Gemälde, das im Katalog als eines der Meisterwerke des Jahrzehnts angepriesen wurde. Es war das verhangene Bild, dessen Anblick der Maler ihr verwehrt hatte. Es war tatsächlich riesig, monumental, und es strahlte dieselbe Urgewalt aus wie die Person des Malers selbst. Trotzdem verstand man nicht, was das Thema des Bildes war. Es war ein eindrucksvolles Gemisch von Farben, groben Pinselstrichen. Unzählige Figuren tummelten sich auf dem Bild, die alle durch eine geheimnisvolle Beziehung, die wohl nur der Maler selbst kannte, miteinander verbunden waren. Von weitem konnte man kaum etwas unterscheiden.

Sarah trat näher an das Bild heran und erkannte einzelne menschliche Figuren und Gegenstände. Plötzlich erstarrte sie und es durchfuhr sie heiß. War es möglich? Es war der Körper eines jungen Mädchens, das auf einem Bett lag. Ihr Gesicht war nicht zu erkennen, denn mit einem einzigen Pinselstrich war eine breite Augenbinde angedeutet, die quer über das Gesicht ging. Auf ihrem Körper verteilten sich glänzende Flecken wie von einer geheimnisvollen Flüssigkeit.

Die Gestalt der jungen Frau war nur ganz beiläufig gemalt, denn im Vergleich zur Größe des Bildes war sie winzig, befand sich zudem am linken unteren Rand und war aus einigen Metern Entfernung mit bloßem Auge gar nicht zu erkennen. Eine bloße Randfigur …

Geheimnisvolle Begegnung

Er erschrak, als sie ihn küsste. So schnell hatte er nicht damit gerechnet.

Sie kannten einander nicht.

Es war ein schneller, oberflächlicher Kuss, den er nicht erwiderte. Sie wiederholte ihn. Zweimal. Dann beugte sein Gesicht sich ihr entgegen, er fasste sie im Nacken und zog sie zu sich heran. Ihre Zunge drang sofort in ihn ein. Sie hatte gro-ße, weiche Lippen und eine breite, rauhe Zunge, die gegen seine zu kämpfen begann. Tatsächlich war es mehr ein Kampf als ein Spiel, und in der Art, in der sie sich an ihn presste, lag ein Hauch von Verzweiflung.

Sie leckte seine Zähne, seinen Gaumen, seine Lippen. Sie biss ihm ins Kinn, saugte an seinem Hals und begann schwer zu atmen. Seine Hand fuhr unter ihren Pullover, ertastete ihre Formen, fühlte ihre weiche Haut. Immer unruhiger rieben sie sich aneinander. Der harte Parkettboden unter ihm störte ihn nicht.

Sie setzte sich auf ihn und ihre Unterkörper fanden einen gemeinsamen Rhythmus. Seine Erregung steigerte sich, aber, ohne zu wissen warum, wagte er noch nicht, sie auszuziehen. Auch sie streichelte seine Brust nur durch den dünnen Stoff seines Hemds, das sie nicht aufknöpfte.

Plötzlich hielt sie inne, vergrub ihr Gesicht in seiner Schulter und verharrte endlose Sekunden lang in dieser Position. Dann sah sie ihn mit ausdruckslosen Augen an.

„Warum willst du mit mir schlafen?"

Er verstand nicht.

„Was meinst du?"

„Ich meine: Findest du mich schön? Findest du meinen Körper schön?"

„Sicher, ja … Ja. Sehr."

Sie zögerte, weiterzusprechen.

„Weißt du … ich will nicht das Gefühl haben, dass du mich nur benutzt."

Er verstand noch immer nicht genau. Sie kannten sich erst seit wenigen Stunden. Sie schien seine Gedanken erraten zu haben, denn jetzt lächelte sie:

„Ich spreche nicht von Liebe, falls du das denkst. Es geht nicht um Gefühle. Ich möchte nur nicht, dass du in mir nur ein Stück Fleisch siehst, das deine Bedürfnisse befriedigt. Du sollst immer wissen, dass ich es bin, mit dem du das tust."

„Aber ich kenne dich gar nicht."

„Darum geht es nicht. Es geht darum, dass du mich *siehst*. Daß du nicht vergisst, dass ich da bin."

Sie erhob sich. Er fragte sich, ob sie nun gehen würde. Doch sie blieb einfach stehen.

„Zieh dein Hemd aus." Aufmerksam folgte sie jeder seiner Bewegungen. „Gut … Und jetzt die Hose. Ja, genau so. Jetzt leg dich aufs Bett."

Seine Bewegungen kamen ihm linkisch vor, es war ihm unangenehm, so beobachtet zu werden. Im Bett wusste er plötzlich nicht, welche Haltung er einnehmen sollte und fragte sie danach.

„Das ist egal, mach es dir bequem. Ich möchte, dass du bequem liegst."

Etwas umständlich legte er sich auf die Seite und stützte sich auf seinem rechten Unterarm ab. Es hatte etwas unangemessen Frivoles, so dazuliegen, wie die Pose eines Models. Nur dass er nicht den Körper eines Models hatte.

„Jetzt bin ich dran", sagte sie lächelnd. Doch nur ihr Mund lächelte, die Augen hatten etwas Starres bekommen, schienen ins Leere zu blicken. Langsam zog sie sich den schwarzen Pullover über den Kopf und öffnete dann mit einem schnellen Handgriff ihren Büstenhalter, der wie von selbst von ihr abfiel und vor ihren Füßen landete. Sie hatte große, üppige Brüste, die mit den sanften Rundungen ihres übrigen Körpers harmonierten.

„Jetzt zieh auch den Rest aus", befahl sie. Er gehorchte.

Es war nicht besonders warm im Zimmer, aber das war nicht der einzige Grund, warum er zu zittern begann. Aber gegen die Nervosität, die ihn ergriffen hatte, konnte er nichts tun. Er fühlte, dass er nicht Herr der Situation war. Seine Erektion hatte schlagartig nachgelassen und das beschämte ihn. Ihm fiel auf, dass man beim Sex seinen Körper nicht zeigte, sondern hinter dem des Anderen verbarg.

Dann stand sie nackt vor ihm. An ihrer Körperhaltung konnte er sehen, dass sie nicht weniger unsicher war als er. Konnte es sein, dass auch sie nicht wusste, was geschehen würde. Für einen Moment fragte er sich, ob sie dieses Spiel mit jedem Mann spielte …

Ein paar Sekunden lang, die wieder endlos zu sein schienen, sahen sie sich an, prüften sich mit den Blicken, folgten ihren Konturen, ihrem Umriss, ihren Formen. Er konnte sich nicht konzentrieren. Obwohl er versuchte, es zu unterdrücken, nahm das Zittern zu. Vielleicht sollte er eine andere Position ausprobieren, aber er wagte es nicht, sich zu bewegen.

Sie wiederholte ihre Frage: „Findest du mich schön?"

„Ja. Sehr", wiederholte er ebenso.

„Was an mir findest du schön?"

Sie verwirrte ihn. Sex war für ihn immer lautlose Berührungen gewesen, wortloses Keuchen, sprachlose Erregung. Er hatte nie dabei gesprochen. Hilflos und zögernd suchte er nach den richtigen Worten. Was wollte sie hören?

„Dein schwarzes glänzendes Haar, dein Gesicht", begann er in der Hoffnung, sie würde nicht tiefer bohren. Doch sie schwieg und schien ruhig zu warten. Er musste weitermachen. „Deine vollen Brüste mit den Brustwarzen, die hart sind, wahrscheinlich von der Kälte, vielleicht auch ein wenig aus Erregung …"

„Ein bisschen wegen beidem …", sagte sie lächelnd. Auch er mußte lächeln.

„Deine Beine und … dreh dich um, ja so … und dein Hintern."

„Findest du? Mir gefällt er nicht."

„Er ist so, wie er sein muß, rund und fest."

Sie wandte sich wieder zu ihm um. „Es gefällt mir, wie du das sagst. Es erregt mich. Du gefällst mir auch. Weißt du, dass du einen schönen Körper hast?"

Warum begann er sich zu schämen?

„Manchmal."

„Das geht mir auch so. Jetzt, im Moment, weiß ich es."

Wieder dieser bis ins Endlose verzögerte Augenblick, in dem sie sich nur schweigend ansahen. Erleichtert spürte er, dass sich wieder Etwas bei ihm regte. Würde sie sich nun zum ihm legen?

„Und jetzt steh auf. Stell dich mir gegenüber."

Er stand auf. Es trennten sie ungefähr zwei Meter.

„Ich finde dich wirklich schön. Dreh dich auch einmal um … ja … jetzt noch einmal. Dreh dich wieder zu mir."

Den Blick immer starr auf ihn gerichtet, begann sie ihre Brüste zu streicheln, sie zusammenzudrücken, ihre Brustwarzen zwischen zwei Fingern zu zwirbeln.

„Erregt es dich, wenn ich das mache?"

„Ja, sehr." Er musste schlucken. Es war tatsächlich ein Anblick voller Erotik. „Erregt es dich auch?"

„Es erregt mich, dass es dich erregt", versetzte sie lächelnd und warf ihren Kopf mit einem leisen Stöhnen zurück. Sie schloss die Augen, ihre Hände hörten nicht auf, ihre Brüste zu liebkosen. Sein Glied wurde hart.

„Jetzt werde ich zu dir kommen. Nein, bleib stehen! Ich komme von selbst …"

Sie standen nur noch eine Handbreit voneinander entfernt, und doch berührten sie sich nicht. Er hatte begriffen, dass er nichts tun durfte, ohne dass sie es ihm befahl, dass die kleinste Bewegung, das geringfügigste Wort alles zerstören konnte.

„Willst du meine Brüste berühren?"

„Ja, das will ich."

„Dann tu's."

Absichtlich ließ er sich Zeit. Sie hatte die Augen geschlossen und er zögerte eine Sekunde, bevor er seine Fingerspitzen auf ihren Brustansatz legte. Langsam streichelte er über ihr Dekolleté, wanderte zunächst hinauf zu ihrem Hals. Seine Hände trennten sich, glitten auf beiden Seiten wieder hinab, streiften die Ränder ihrer Brüste, umrundeten sie, zogen ihre Kontur nach. Erst jetzt nahm er sie in die Hand, wog sie, spürte ihr Gewicht, drückte sie leicht. Die Spitze seiner schmerzenden Eichel berührte ihren Bauch. Spürte sie es? Mit den Handrücken streifte er ihre Brustwarzen. Sie waren hart. Er fühlte, dass auch sie zitterte, aber jetzt waren es nicht mehr Kälte oder Nervosität, sondern die Erregung, die sich langsam in ihnen beiden steigerte.

Dann nahm sie seine Hände und legte sie auf ihren Hintern. Er war wirklich rund und fest.

Wer war diese Frau? Wie lange würde sie ihre Inszenierung aufrecht erhalten können? Er musste zugeben: Es gefiel ihm, angeleitet, von einer Frau geführt zu werden, ganz passiv zu sein. Doch lange würde er es nicht mehr aushalten …

Um ihre Hinterbacken ergreifen zu können, musste er sich ganz leicht nach vorn beugen. Er begann ihren Hals und ihre Schulter zu küssen.

Dann legte sie seine Hand auf ihre rasierte Scham. Er konnte die nachwachsenden Haarstoppeln fühlen. Mit zwei Fingern wanderte er tiefer, spreizte ihre feuchten Lippen. Als er ihre Klitoris streifte, erbebte sie.

„Und jetzt mach mit mir, was du willst."

Trotzdem blieb er vorsichtig. Mit einer Hand

massierte er ihre Brust, während er weiter ihre Klitoris streichelte. Sie stand einfach da und genoss seine Berührungen, bewegte sich nicht. Dann blickte sie auf und er verstand, dass er aufhören mußte.

„Jetzt bin ich an der Reihe."

Vorsichtig berührte sie sein Gesicht, tastete seine Züge ab und glitt dann über seinen Körper nach unten. Ihm wurde heiß. Mit den Fingerspitzen streichelte sie seine Eichel, rieb ganz langsam seinen Penis. Das Gefühl der Erregung, das ihn nun ganz erfasste, schien aus einer fernen Tiefe zu kommen. Lächelnd masturbierte sie ihn, umschloß mit ihrer andern Hand seine Hoden.

„Das gefällt dir, nicht wahr."

„Ja. Sehr." Er wiederholte sich, fand keine neuen Worte mehr.

Ihre Bewegung wurde nicht schneller, nicht fester, sie schien nur oberflächlich, kaum spürbar zu sein. Ein Gefühl, das er kaum ertragen konnte. Jetzt, spätestens jetzt, hätte er sie gern gepackt und auf das Bett geworfen. Er fragte sich, ob es nicht genau das war, was sie wollte. Vielleicht provozierte sie ihn nur, lächelte innerlich über ihn und wartete nur darauf, dass er endlich die Initiative übernahm. Doch im Grunde wußsse er, daß es nicht so war. Es war ihr Spiel, ihre unergründliche, unberechenbare Inszenierung. Er konnte nichts tun als warten und ihren Anweisungen folgen, von denen sich eine wie von selbst aus der vorherigen ergab. Obwohl er nichts verstand, ahnte er, dass alles einen nicht absehbaren, aber schon immer feststehenden Sinn ergab.

Wer zum Teufel war diese Frau?

Unten in der Hotelbar, wo sie sich nähergekommen waren, hatte nichts darauf schließen lassen, dass der Abend so seltsam, so außergewöhnlich enden würde. Sie hatten ein paar Drinks zusammen genommen, und er war überrascht gewesen, wie leicht es gewesen war, sie mit auf sein Zimmer zu nehmen. Sie hatten die Minibar geplündert und sich auf den Fußboden gesetzt. Über was hatten sie sich unterhalten? Jedenfalls hatte sie angefangen, in einem Moment, in dem er es nicht erwartet hatte. Nichts von dem, was kommen würde, hatte er erwartet. Aber noch einmal musste er sich eingestehen, dass er nichts dagegen hatte, wenn sie die Führung übernahm. Jedenfalls bis zu einem gewissen Punkt, der hoffentlich bald gekommen sein würde …

„Leg dich hin."

„Ich allein?"

„Ja. Du allein."

Er wählte dieselbe Position wie vorhin. Sie stand vor dem Bett und begann sich selbst zu streicheln, aber sonst blieb sie regungslos, wie erstarrt.

„Woran denkst du?"

„Ich sehe dir zu und denke daran, wie es sein wird, wenn du endlich neben mir liegst."

„Gleich", flüsterte sie mit einem kleinen Lächeln, „gleich. Du musst Geduld haben."

Zum wievielten Mal heute Abend verharrten sie beide regungslos in ihrer Position und sahen sich nur an? Nur die Spannung zwischen ihren Körpern war greifbar, diese Spannung, die sich erst in der kommenden Berührung ihrer Leiber auflösen wurde. Eine unendliche, unerträgliche Verzögerung …

Ohne dass er es bemerkt hatte, hatte auch er begonnen, sich zu berühren, auch um seine Erektion aufrechtzuerhalten, die fast zurückgegangen wäre. Denn wieder fühlte er sich unwohl dabei, so ungeniert beobachtet zu werden. War er schön? Sie hatte es gesagt. Er selbst wusste es nicht. Es hätte ihm genügen müssen, dass sie es so empfand, aber gegen die Scham, die noch immer da war, konnte er nichts tun.

Als sie sich zu ihm legte, war es wie eine Erlösung, auch für sie. Sie drängte sich an ihn, gab ihm einen tiefen Zungenkuß, bekam seinen Penis zu fassen, den sie mit schnellen, heftigen Bewegungen wichste. Ihre warme, feuchte Vagina öffnete sich sofort, und mit einem Stöhnen der Erleichterung drang er in sie ein. Es brauchte zwei, drei vorsichtige Stöße, bis er ganz in ihr war. Sie umschlang seinen Unterleib mit den Beinen und ihre Körper fanden erneut einen gemeinsamen Rhythmus. Mit jedem Stoß schob er auch seine Zunge in ihren Mund, der ununterbrochen an seinen gepresst war. Seine Hände glitten unter sie und ergriffen ihre Hinterbacken, wozu sie ihren

Unterleib ein Stück weit heben musste.

Seine Erregung war inzwischen so stark geworden, dass er fast den Höhepunkt erreicht hätte. Er zog sein Glied aus ihr und versuchte sie umzudrehen, damit er sie von hinten nehmen konnte. Aber sie schlang die Arme um ihn und flüsterte ihm keuchend ins Ohr:

„Nein, bleib so … ich will unter dir liegen."

Er hatte das Gefühl, dass sie sich noch weiter geöffnet hatte, denn schon beim ersten Stoß drang er ganz in sie ein. Sein Oberkörper bäumte sich auf und er stützte sich auf den Händen ab, damit er nur seinen Unterleib zu bewegen brauchte. Seine Bewegungen wurden heftiger, wütender, als wollte er sie bestrafen für das Spiel, das sie ihm aufgezwungen hatte. Jetzt spielten sie sein Spiel.

„Ja, mach weiter …", drang es an sein Ohr, doch er wollte nicht mehr, dass es ihr gefiel. Dies war nicht mehr ihre frivole Inszenierung, er stand nicht mehr unter ihrer Regie. Ficken, ja, ficken würde er sie, bis sie alles vergessen hatte, bis er alles vergessen hatte. Er biss ihr so in die Schulter, dass es ihr wehtun musste, aber sie stöhnte lust-voll auf und zerkratzte seinen Rücken mit ihren langen Fingernägeln.

„Mach weiter, ja, genau das!"

Es machte ihn wütend, dass sie sich nicht wehr-te, dass sie es genoß, dass er nicht ihren Wider-stand brechen konnte. Denn genau das wollte er: Ihren Willen brechen, sie festhalten müssen. Weinte sie? Nein, sie schrie vor Lust. Wieder die-ser starre Ausdruck in ihren Augen …

„Würg mich, ja, greif mir an die Kehle! Ich mag das …"

Er ergriff ihre Kehle, drückte zu, nicht stark, ihr Gesicht verzerrte sich, aber er machte weiter.

Sobald er begriff, dass sie wirklich weinte, dass sie sich wirklich wehrte, ließ er sofort von ihr ab, rollte sich zur Seite und lag neben ihr, neben die-sem zitternden, schluchzenden Etwas, in das sie sich plötzlich verwandelt hatte.

„Habe ich etwas falsch gemacht? Du hast doch gesagt …"

„Nein, nein", versuchte sie ihn mit einem er-zwungenen Lächeln zu beruhigen, „nein, du hast nichts falsch gemacht. Es ist … es ist …" Sie hatte mit Weinen aufgehört, zitterte aber am ganzen Körper. Mit großen, tränennassen Augen sah sie ihn an. „Ich habe Angst vor dir."

Er war bestürzt. Hatte er es übertrieben? Niemals könnte er …

„Du brauchst vor mir keine Angst haben. Wirklich, es besteht kein Grund."

„Es ist …", begann sie von neuem, „Ich habe Angst, nur benutzt zu werden."

Er versuchte sie zu streicheln, zog seine Hand aber wieder zurück, als sie sich wie angewidert schüttelte.

„Ich habe noch nie eine Frau einfach so benutzt."

„Ich habe solche Angst", flüsterte sie heiser, „solche Angst, dass du mich nicht siehst, dass ich einfach nur ein Körper für dich bin. – Ich will nicht mehr", schluchzte sie erneut auf.

„Was", fragte er, „was willst du nicht mehr?"

„Wie ein Stück Dreck!", rief sie, das Gesicht ins Kissen gepreßt. „Wie ein Stück Dreck!"

Allmählich begriff er. Was hatte man ihr angetan?

Er wollte sie fragen, doch unvermittelt stand sie auf, zog sich an, das Gesicht von ihm abgewandt. Wortlos nahm sie Schuhe und Tasche in die Hand, ging hinaus und schloß leise die Tür hinter sich.

Frankziskas Geschenk

Genüßlich aß er den letzten Bissen seines Entrecôte und legte Messer und Gabel auf den leeren Teller zurück. Satt und zufrieden ließ er die rote Flüssigkeit in dem bauchigen Weinglas kreisen und leerte es in einem Zug. Dann winkte er dem Kellner, der herbeieilte und nachschenkte, zuerst Franziska, dann ihm selbst.

Es war nicht nur der Geschmack des Weines, der ihm Genuss verschaffte, ebenso, vielleicht noch wichtiger, war es das Wissen, dass er kostbar war. Im Übrigen war alles kostbar heute Abend: Das Essen, der Wein, das Silberbesteck und der Kerzenständer auf der Mitte des Tisches, selbst die leise Musik, die aus der Richtung des weißen Pianos zu ihnen herüber wehte …

Doch am kostbarsten war sie, Franziska, die

ihn mit dem Stolz erfüllte, den schwierige Erobe-
rungen verschaffen, die dem Eroberer zur Ehre
gereichen. Und wirklich: Wenn er sich umsah,
war sie die schönste Frau im ganzen *Chez Angèle*,
mit ihrem vollen, blonden Haar, ihrem verfüh-
rerischen Gesicht, den Brüsten, die trotz ihres
schlanken Körpers ein üppiges Dekolleté machten, den elegant geformten langen Beinen, die
stets sorgfältig enthaart waren. Und sie verstand
es, sich gut anzuziehen. Sicher – das Kleid hatte
er ihr geschenkt.

Er wusste, dass sie jeden hätte haben können,
aber *er* hatte sie bekommen, vor genau einem Jahr,
hier, im *Chez Angèle*. Auf dem jährlichen Gynäko-
logenkongress hatte er sie kennengelernt. Sie war
keine Ärztin, sondern gehörte zum Personal und
hatte ihm mit einem bezaubernden Lächeln ein
Glas Champagner gereicht. Dieses Lächeln ging
ihm den ganzen Abend nicht aus dem Kopf und
schließlich hatte er sie angesprochen und für den
nächsten Abend zum Essen eingeladen.

In Wirklichkeit hatte er nicht daran geglaubt,
dass sie kommen würde. Sie war gut zwanzig Jah-

re jünger als er. Aber immerhin hatte er sich für seine fünfundvierzig Jahre ganz gut gehalten. Er achtete auf sich, aß und trank nicht zuviel, trieb Sport. Und schon mehrmals hatte man ihm bestätigt, dass ihn seine ergrauten Schläfen nur interessanter wirken ließen.

Jedenfalls war sie doch gekommen und störte sich an seinem Alter ganz offensichtlich nicht. Als er sie in derselben Nacht in einem Hotelzimmer langsam auszog, fühlte er sich selber wieder wie mit zwanzig. Seine bisherigen Affären waren alle in seinem Alter gewesen.

Franziska war überhaupt die angenehmste Geliebte, die er je gehabt hatte: Sie stellte keine Ansprüche, keine Fragen, war niemals eifersüchtig und war dennoch bereit, sich ihm bei ihren wöchentlichen Treffen ganz hinzugeben, mit einer Leidenschaft, die er bei Sylvia, seiner Frau, noch nie bemerkt hatte.

Im Gegenzug war es ihm ganz gleichgültig, was sie an den restlichen sechs Abenden trieb – konnte er denn erwarten, dass sie zuhause saß und an ihn dachte? Auch er dachte ja nur selten an sie, genaugenommen nur einmal in der Woche ...

Heute also saßen sie wieder hier, im dämmrigen Schein des teuersten Lokals der Stadt, und er hatte darauf bestanden, das teuerste Menü zusammenzustellen: Austern und Champagner, Entrecôte mit gedünstetem Fenchel und in Butter geschwenkten Kartoffeln, dazu einen alten Barolo. Als er das Dessert bestellen wollte, hatte Franziska darum gebeten, es später selbst auswählen zu dürfen. Nun faltete er seine Hände, sah ihr lächelnd in die Augen und fragte:

„Und jetzt? Soll ich noch einmal die Karte bringen lassen?"

Sie kicherte leise. „Nein, lass nur, ich weiß es schon."

„Und darf ich erfahren, was es gibt?"

„Du wirst es gleich erfahren", raunte sie mit Verschwörermiene und fügte leiser, fast flüsternd hinzu: „Es ist eine Überraschung. Ich habe auch was für dich – zum Jahrestag ..."

Er musste lachen. „Dann bin ich ja mal gespannt!"

Sie kicherte erneut. „Ja, du darfst gespannt

sein."

Sie sah sich um, und er fragte sich, ob sie den Kellner suchte. Bis er begriff, dass es um etwas anderes ging: Sie überprüfte, ob sie beobachtet wurden. Doch kein Blick ging in ihre Richtung, der Kellner war nicht zu sehen.

Während sie ihm fest in die Augen sah, hob sie mit beiden Händen das seidene Tischtuch an, und er begann zu begreifen. Das Blut schoss ihm in den Kopf und er spürte einen wachsenden Kloß im Hals. Würde sie es tatsächlich wagen …? Doch sie war schon unter dem Tisch verschwunden, die Decke fiel wieder zurück und ließ durch nichts darauf schließen, was sich unter ihr tat.

Tausend Gedanken schossen ihm durch den Kopf. Sollte er sie zurückrufen? Sollte er aufstehen und Franziska wieder unter dem Tisch hervorholen, vielleicht mit einer verlegenen Entschuldigung oder einem einfachen „Lass uns das auf später verschieben"? Andererseits: Warum sollte er die wahrscheinlich nie mehr wiederkehrende Gelegenheit nicht einfach ergreifen, sich zurücklehnen und genießen?

Er spürte Franziskas Hände mit sanftem Druck seine Knie umschließen, und schon war es egal, was er dachte. Es gab kein Zurück mehr. Die unsichtbaren Hände wanderten nach oben über seine Schenkel, kurz vor ihrem Ziel wichen sie wieder zurück, strichen sanft über die Innenseite seiner Beine und kehrten zu seinen Knien zurück. Sie wiederholten die Bewegung, und jedesmal kamen sie ein wenig näher, näher an ihr Ziel, in dem eine angenehme Wärme zu prickeln begann.

Dann fing sie an ihn ins Bein zu beißen, ihre Zunge folgte ihren Händen und fuhr über den feinen Stoff seines Anzugs, durch den er ihre Berührungen deutlich spüren konnte, immer höher … Für einen kurzen Augenblick hatte er die Befürchtung, er könnte in der Aufregung keine Erektion bekommen, aber diese Sorge löste sich in Luft auf, als sie zwischen seinen Beinen seinen Penis ertastete, der auf diese kurze Berührung hin blitzartig anschwoll. Ganz leicht und vorsichtig rieb sie ihre Zähne an ihn und biss hinein.

Ein leises Stöhnen entfuhr ihm, er riss die Augen auf und war wieder da, in der Gegenwart, in diesem Restaurant mit den Gästen, den Kellnern … Auch er sah sich um, wie zuvor Franziska, und fürchtete, irgendjemand könnte erraten haben, was sich hier abspielte. Konnte man die Lust auf seinem Gesicht lesen? Aber es sah noch immer keiner in ihre Richtung. Der Kellner würde denken, Franziska sei auf der Toilette. Ein letzter Gedanke durchfuhr ihn: Zum Glück hatten sie keinen Fensterplatz gewählt …

Weiter kam er nicht, denn Franziska hatte seine Gürtelschnalle geöffnet und machte sich nun am Reissverschluß zu schaffen, den sie ganz langsam, Stück für Stück nach unten zog. Nach einem geübten Handgriff – oh ja, sie hatte Talent! – war sein Glied befreit und eine warme, feuchte Hand legte sich um seinen Schaft. Zuerst küsste sie ihn, bedeckte seinen Penis mit kleinen, kurzen Küssen, während zwei Finger seine Vorhaut zurückzogen und die vor Anspannung schmerzende Eichel freilegten, die sie ebenfalls küsste.

Diese Küsse machten ihn wahnsinnig, diese oberflächlichen Berührungen mit ihren geschlossenen, feuchten Lippen. Er konzentrierte seinen

Blick auf die brennende Kerze auf dem Tisch, deren Flamme vor seinen Augen verschwamm. Von der Außenwelt bekam er nichts mehr mit. Zunächst hatte er noch auf die Gespräche geachtet, die gedämpften Geräusche näher kommender und sich wieder entfernender Schritte. Doch die Erregung, in die sie ihn trieb, ließ ihn alles vergessen, er fühlte sich einer Ohnmacht nahe. Eben weil er nichts sehen konnte, war alles intensiver, war es nur reines Gefühl. Am liebsten hätte er ihren Kopf gepackt, damit sie ihn endlich, endlich!, in den Mund nahm. Er konnte sich nur schwer beherrschen.

Endlich konnte er ihre Zunge fühlen, die den Konturen seiner Eichel folgte, eine feuchte Spur auf ihr hinterließ und ihn mit kurzen, schnell ausgeführten Schlägen fast bis zur Besinnungslosigkeit reizte. Dann erlöste sie ihn und nahm seinen Schwanz in den Mund.

„Wünschen Sie noch ein Dessert, mein Herr?"

Die Stimme des Kellners drang von weit, weit weg an seinOhr und zuerst begriff er nicht. Was für ein Gesicht mochte er wohl gemacht haben?

„Wie bitte?"

„Sie haben noch kein Dessert bestellt. Oder möchten Sie lieber noch auf Ihre Begleitung warten?"

„Vielleicht ... ich möchte noch warten, bis meine Frau ... meine Begleitung zurückkommt. Sie ist noch auf der ..."

Aber der Kellner hatte sich mit einem Nicken wieder entfernt. Hatte er dabei nicht auffällig gelächelt? Wurde in der Küche etwa schon getuschelt? Es war lächerlich. Was sollte sich der Mann schon denken, wo Franzsika war? Allein dass er versucht hatte, es ihm zu erklären, war verdächtiger, als einfach gar nichts dazu zu sagen.

Hatte seine Erektion wegen dieser Peinlichkeit nachgelassen? Nein, Franziska wichste seinen Schwanz, der davon nur noch härter wurde, und umschloß mit ihren Lippen sein Glied, an dem sie saugte. Er zuckte auf, das war zu viel, er begann zu zittern, fast hätte er geschrien: „Nein lass das, es ist zu heftig!" Aber sie hatte schon aufgehört. Stattdessen nahm sie ihn nun ganz in den Mund und hob und senkte ihren Kopf in einem Tempo, das sich immer mehr steigerte. Ihre Hand glitt in seine Hose und bekam seine Hoden zu fassen, die sie massierte und drückte.

Er lehnte sich wieder zurück, hielt sich am Rand des Tisches fest und schloß die Augen. Wenn sie so weitermachte, wenn sie nicht aufhörte, würde er bald kommen. Er versuchte alle Muskeln seines Körpers zu entspannen.

„Ronald!"

Er mußte sich erst wecken, in die Wirklichkeit zurückkehren wie aus einem Traum. Doch es war eine Reise von einem Traum in den nächsten, denn wie ein Alptraum zeichnete sich immer klarer ein Gesicht ab, das er kannte und das seinen Namen rief. Es war das Gesicht von Sylvia, seiner Frau.

„Ronald, was machst du denn hier?"

Er *musste* jetzt zur Besinnung kommen, die Panik verbergen, die ihn ergriff, die Spuren der Lust aus seinem Gesicht löschen. Und einen klaren Kopf behalten. Es war sinnlos, diese ganze Situation war aussichtslos, aber er war ein geübter Lügner und reflexartig begann sein Hirn alle

Möglichkeiten zu prüfen. Was hatte er Sylvia über den heutigen Abend gesagt? Er hatte ihr nichts gesagt, in den letzten Jahren sprachen sie nicht viel miteinander. Sie hatte meist keine Ahnung, was er tat, und er hatte nicht gewußt, dass sie heute ausgehen würde, vor allem hierher! Niemals hatte sie erwähnt, dass sie das *Chez Angèle* frequentierte.

„Schau, ich habe Andrea mitgebracht. Wir wollten uns mal wieder einen schönen Abend gönnen. Ich wusste nicht, dass du hier sein würdest." Ihre Stimme klang ruhig und fest, aber er nahm ihr die Gelassenheit nicht ab. Zum Mindesten dürfte sie sehr überrascht sein.

Sylvia gab ihm einen Kuss auf die Wange und ohne sich zu erheben nahm er die Hand, die Andrea, die Frau eines Kollegen, ihm entgegenstreckte.

„Dürfen wir uns setzen?", begann Sylvia von Neuem und fügte, nach einem kurzen Blick auf die zwei Gedecke, hinzu: „Oh, du bist nicht allein? Aber natürlich nicht", sagte sie mit einem gezwungenen Lachen, „warum solltest du allein essen gehen.“

Ihm fiel auf, dass er noch nichts gesagt hatte, seit die beiden an seinem Tisch standen, und entgegnete schnell:

„Natürlich … natürlich, setzt euch! Ich war mit Herrn Schreiber hier. Ihr wißt schon, Uwe Schreiber, der Chef der Onkologie. Ein informelles Geschäftsessen sozusagen, Neuigkeiten austauschen, Informationen abgleichen … Wie ihr seht, ist er schon gegangen. Ein Notfall.“

Die beiden setzten sich, Sylvia zu seiner Rechten, Andrea zur Linken. Er war stolz auf seine schnelle Reaktionsgabe. Man konnte Sylvia ansehen, dass sie ihm nicht glaubte. Aber was machte das schon? Fürs erste war er gerettet. Fürs erste … aber wie lange noch?

Sylvia verlangte nach der Karte und wechselte mit Andrea ein paar Worte, was ihm Gelegenheit gab, sich auf den unsichtbaren Rest seines Körpers zu konzentrieren. Hatte Franzsika mitbekommen, was geschehen war? Sie war ein vernünftiges Mädchen, sie würde doch nicht alles auffliegen lassen. Zudem war die Situation für sie ebenso peinlich wie für ihn. Hoffentlich würde sie stillhalten.

„Da du wahrscheinlich öfter hier bist als ich", wandte sich Sylvia wieder an ihn, „kannst du uns bestimmt etwas empfehlen. Was hast du denn genommen?"

Er musste alle seine Sinne zusammennehmen, um den beiden die Menüfolge des Abends zu wiederholen. Es schien, als wollte Sylvia ihn provozieren. Ihr Gesichtsausdruck wurde härter, sie versuchte, Gleichgültigkeit zu mimen. Hatten die Austern und der Champagner ihn verraten? Andrea sah ihn an und warf Sylvia anschließend einen Blick zu, den er nicht zu deuten wusste. Die Panik kam wieder, als er bemerkte, dass Franziska ihre Tätigkeit die ganze Zeit über fortgesetzt hatte und erst jetzt, ganz langsam, seinen Schwanz aus ihrem Mund zog. Sie sollte aufhören und still bleiben, den Rest des Abends reglos unter dem Tisch verbringen; ihr blieb keine andere Wahl. Wahrscheinlich würde es aus zwischen ihnen sein. Er empfand leichtes Bedauern, doch im Moment war das nicht das größte Problem, das er hatte.

Schon wollte er sich entspannt nach vorn lehnen, um ein Gespräch mit seiner Frau zu beginnen, irgendetwas Belangloses sagen, um dem Abend eine ungefährlichere Wendung zu geben. Den Zweifel, vielmehr die Gewissheit im Blick seiner Frau würde er ohnehin nicht mehr verscheuchen können, aber das machte nichts. Sie hatte seine Affären, soweit sie von ihnen gewusst haben mochte, immer ignoriert.

Aber bevor der den Mund aufmachen konnte, fühlte er kalte Speichelfäden auf seine Eichel tröpfeln, die angenehm über die gespannte Haut seines Glieds flossen. Mit zwei Fingern verteilte Franziska den Speichel überall, spuckte noch einmal auf seinen Schwanz und begann ihn dann vorsichtig zu reiben.

Statt aufzuhören, wichste sie ihn in einem ruhigen, regelmäßigen Rhythmus, der die Erregung wieder in ihm hochsteigen ließ. Er wusste, dass er bei dieser regelmäßigen Bewegung seine Lust steuern konnte, dass er sie an- und abschwellen lassen konnte, um sich so allmählich zum Höhepunkt zu bringen. Aber nicht allein das war es, was ihn erregte. Fast mit Bestürzung ging ihm auf, wie erotisch er diese Situation fand: Unter dem Tisch saß ein junges, betörend schönes Mädchen und machte sich an seinem Schwanz zu schaffen, während er sich oben, in einer anderen, ahnungslosen Welt mit seiner Frau und deren Freundin unterhielt!

In diesem Augenblick konnte er alles haben: Unter den eifersüchtigen Blicken seiner Frau ließ er sich von einer Andern befriedigen. Nichts hinderte ihn daran, Franziskas Geschenk einfach anzunehmen, seinen Samen in ihren Mund zu spritzen, während er die Hand Sylvias hielt! Dieses Gefühl der Macht ließ ihn noch geiler werden, fast hemmungslos. Hoffentlich würde Franzsika nicht aufhören. Am Liebsten hätte er ihr ein Zeichen gegeben, dass sie weitermachen solle, nur nicht aufhören! Er wollte hier und jetzt in ihrem Mund kommen, vielleicht noch während er Sylvia auf den Mund küsste. Wie lange hatte er nicht mehr mit ihr geschlafen, nicht einmal einen Zungenkuss gegeben! Vielleicht war jetzt der Moment gekommen, es einmal wieder zu tun ...

Franziska erhöhte ihr Tempo, ihre Hand glitt immer schneller über das schmerzhaft pochende, von ihrem Speichel triefende Etwas, das zum Zentrum seines Körpers wurde und Wellen der Wärme, des Zitterns, der Erregung durch seine Nerven und Muskeln, über seine Haut schickte. Immer wenn er kurz vor dem Höhepunkt war, hörte sie plötzlich auf, begann von Neuem, wurde langsam schneller. Konnte sie seine Gedanken lesen? Aber er dachte auch nur noch mit seinem Körper. Jeder Gedanke ein Zucken seines Glieds.

Immer wieder entglitt ihm die Wirklichkeit. Den Gesprächen der zwei Frauen, die an seinem Tisch saßen, und die sich um Gerüchte, den Kauf einer neuen Handtasche, um Andreas Kinder drehten, konnte er nur mit Mühe folgen. Zum Glück erwarteten sie offensichtlich nicht, dass er sich rege beteiligte, und die wenigen kurzen Bemerkungen, die er machte, waren so banal, dass er sie vergessen hatte, sobald er sie aussprach.

Franziskas zweite Hand spielte wieder mit seinen Eiern, während sie ihn weiter rieb, von einem Höhepunkt zum andern jagte, ohne ihn jemals ganz kommen zu lassen. Um kein verräterisches Geräusch zu machen, räusperte er sich, als sie auch noch seine Eichel mit ihren Lippen umschloß und ihre Zunge spielen ließ. Die Bewegung wurde wieder schneller, unregelmäßiger. Ein Krampf erfasste ihn. Zitterte er? Die Grenzen fielen. Er wollte Franziska von unten hervorziehen und auf den Tisch werfen, zwischen das Besteck, die Flasche, den Kerzenständer, ihr den Slip vom Leib reißen (Trug sie ein Höschen? Zu manchen ihrer Treffen war sie ohne gekommen …) und sie aufspießen, wie ein Tier nehmen! Er wollte Franziska einfach ficken, ohne die letzte Hemmung, und Sylvia die Zunge in den Mund stecken, während seine Hand Andreas üppige Brüste knetete.

Dabei war er ganz ruhig, er kämpfte nicht gegen die Lust an und überlegte vernünftig, als ob es eine alltägliche Situation wäre, ob er es nicht einfach tun könne. Was er zu verlieren hätte? Alles. Seine Frau, seinen Beruf, seine Geliebte. Seinen guten Ruf. Wahrscheinlich würden sie ihn in die Psychiatrie stecken. War das nicht alles egal?

Franziska saugte an ihm wie ein kleines Kind, hingebungsvoll, nur auf *seine* Lust bedacht. Das war es, diese Hingabe, die nur ihm galt, keine Obszönität war mehr ein Tabu, wenn es um die Befriedigung seiner Lust ging. War das nicht alles, was er wollte? Sein Leben verpfuschen, wegwerfen, war das nicht egal, wenn er dabei in Franziska kam, die Lippen an den Mund seiner Frau gepresst, während eine Dritte ihre Brüste anbot? Mussten sie nicht alle von demselben Rausch erfasst werden, der ihn befallen hatte, die drei Frauen, ja, das ganze Lokal? Mit einer simplen Handlung, von der ihn nur noch eine kleine Entscheidung trennte, konnte er die ganze Welt in eine Orgie verwandeln. Was hatte er zu verlieren? Nichts. Es war doch alles egal …

„Ronald?"

Hatte er geschrien? Er war noch nicht ganz zu sich kommen, immer noch zuckte sein Schwanz in Franziskas Mund, spie seinen Samen in ihre Kehle, es war ein langer, tiefer Orgasmus, wie er ihn noch nie gehabt hatte. Es erfasste nicht nur seinen Körper, sondern ihn selbst. Alles war nur noch weit entfernt wahrnehmbar, die Gesichter seiner Frau und Andreas, die ihn erstaunt ansahen. Erstaunt? Oder fassungslos, wissend? Er musste seinen Atem beruhigen. Es war aussichtslos, nun war alles vorbei, aber ein Reflex sagte ihm noch immer, dass er Haltung bewahren musste, dass immer noch alles zu retten war.

„Ja, mein Schatz, was ist? Entschuldigt, ich mußte nur gerade an etwas denken …“

„Ich habe dich nur gefragt, ob du noch Wein möchtest.“

„Ach, Wein … ja … bitte!“

Sein Glas wurde gefüllt. Sie stießen an, Sylvia versuchte sogar zu lächeln. Alles war in Ordnung.

Dann hob sich das Tischtuch.

Römisches Vorspiel

Anna schloss die Tür hinter sich. Vorsichtig stellte sie ihren Toilettenbeutel auf dem Rand des Waschbeckens ab. Während sie sich das noch feuchte Haar kämmte, betrachtete sie sich im Spiegel. Die braunen Haare, das schmale Gesicht mit der kleinen Nase, die dunklen Augen – was sie sah, gefiel ihr. Nach der Dusche fühlte sie sich frisch, frisch und müde nach dem langen Tag. Und morgen würde sie in Rom sein! Zuhause hatte man sie schief angesehen, als sie erzählte, allein durch Italien reisen zu wollen, mit ihrem kleinen Auto und nur dem großen Rucksack im Gepäck. „Warte doch noch ein paar Wochen, dann kann ich mitfahren", hatte Katja ihr angeboten. Wobei – es war mehr ein Befehl als ein Angebot gewesen. Aber sie brauchte die Zeit für sich. Nach

Markus, nach der Trennung, nach allem …

Und tatsächlich: Sie genoss die einsame Reise. Bisher hatte sie niemanden kennengelernt, nicht auf den Campingplätzen, nicht in den Straßencafés, auch in dieser Jugendherberge würde sie für sich bleiben. Sie vermisste niemanden. Und morgen würde sie in Rom sein!

Natürlich, sie war mehr als einmal angesprochen worden, auf der Straße, in den Cafés, sogar in den Uffizien in Florenz, doch sie war immer freundlich, aber bestimmt gewesen. So schnell würde sie sich keinem Mann mehr nähern. Sie brauchte sie nicht, sie war zufrieden mit sich selbst und würde bald von Markus geheilt sein, das spürte sie deutlich. Nur noch selten fühlte sie diesen schmerzhaften Stich in der Brust.

Sie sah sich um: Ihre Zimmergenossinnen waren wohl noch nicht aus der Stadt zurück. Ein paar Rucksäcke und Taschen lagen auf den übrigen fünf Betten verteilt. Stockbetten! Sie würde eins der unteren nehmen, oben war es ihr unangenehm. Die Angst, herunterzufallen, würde ihr den Schlaf rauben.

Es hatte kein Einzelzimmer mehr gegeben, sie hatte die Wirtin angefleht, musste sich aber letzten Endes mit diesem Sechsbettzimmer zufriedengeben. Sie wäre zwar gern für sich gewesen, doch wenn die anderen Mädchen nicht allzu laut und betrunken sein würden, würde es ihr nicht allzuviel ausmachen. Sie mochte es nicht, wenn man sie morgens sah, wenn sie frisch aus dem Bett kam.

Sie fönte sich, bis ihr Haar trocken war, und legte das Badetuch ab, das sie für den Weg über den Flur um sich geschlungen hatte. Ihr schlanker Körper war fast androgyn, bis auf ihre kleinen spitzen Brüste mit den Brustwarzen, deren Höfe so vollkommen rund waren. Noch einmal musterte sie sich im Spiegel. Ja, sie gefiel sich. Markus hatte sie offensichtlich weniger gefallen …

Schnell verscheuchte sie diesen Gedanken, indem sie Fön und Kamm einpackte und aus ihrem Rucksack ein frisches Höschen und ein langes weißes T-Shirt hervorkramte. Schließlich kroch sie ins Bett und wartete auf dem Rücken liegend darauf, dass sie einschlafen würde.

War es der Lichtschein aus dem Flur, der sie weckte, oder das laute Geräusch, mit dem die Mädchen ins Zimmer traten und die Tür schlossen? Sie wusste nicht, wie spät es war und wie lange sie schon geschlafen hatte. Sie hatten kein Licht gemacht und eine von ihnen stolperte, fiel gegen den Schrank, vielleicht war es auch der Alkohol. Sie lachten und flüsterten und Anna durchfuhr es: Das waren keine Mädchen!

Sie schienen nicht zu wissen, dass noch jemand im Zimmer war, denn sie gaben sich keine Mühe, leise zu sein. Wahrscheinlich hätte sie aufstehen sollen und den Irrtum – denn es musste sich um einen Irrtum handeln – aufklären, sich von der Wirtin ein anderes Bett in einem anderen Zimmer geben lassen. Aber sie konnte sich nicht rühren. Es war dunkel, sie konnten sie nicht sehen, sie konnten nicht sehen, dass sie … Ohne nachzudenken, drehte sie sich zu Wand und zog sich die Decke über den Kopf.

Langsam geriet sie in Panik: Fünf betrunkene Männer auf ihrem Zimmer, einer von ihnen wäre schon fast zu ihr ins Bett gefallen! Waren es

Deutsche? Jetzt erst achtete sie auf ihre Stimmen, auf das, was sie sagten. Sie kannte ihre Sprache nicht. Klang es nicht irgendwie slawisch? In der Aufregung konnte sie es nicht feststellen. Wenn sie das Licht nicht anmachen, wenn sie schnell ins Bett gehen, ihren Rausch ausschlafen würden, könnte sie morgen früh das Zimmer unbemerkt verlassen.

Leider schienen sie nicht müde zu sein. Sie lachten immer noch und stießen den, der eben gestrauchelt war, erneut gegen ihr Bett. Es tat einen Stoß, sie spürte, wie er schon halb auf der Matratze saß und sich offenbar – zum Glück – noch am Rand des oberen Bettes festhalten konnte.

Hatte sie die Decke weit genug nach oben gezogen? Sie wagte nicht, sich zu bewegen. Markus!, dachte sie, wenn Markus da wäre! Sie hatte sich nie so sehnlich gewünscht, einen starken Beschützer zu haben.

Dann geschah, was sie befürchtet hatte: Das Licht ging an! Sie sah es an dem schwachen Widerschein, den die Wand zurückwarf. Sie konnte die Augen nicht schließen. Die fünf Männer (Waren es fünf? Vielleicht hatte man das sechste Bett aus demselben Versehen noch einmal vergeben, aus dem man es ihr gegeben hatte …) begannen zu singen und sich an ihrem Gepäck zu schaffen zu machen.

Zuerst sangen sie wild durcheinander, dann fügten sich die Stimmen zu einer Melodie zusammen, die sie nicht kannte. Plötzlich verstummten sie. Anna war wie gelähmt. Sie hatten sie entdeckt! Eine andere Erklärung fiel ihr nicht ein. Wahrscheinlich hatte einer die anderen mit einem Kopfnicken in ihre Richtung auf sie aufmerksam gemacht und einen Finger an die Lippen gehalten. Vielleicht bemühten sie sich nur, leise zu sein, sie (oder ihn, wie sie glauben mussten) schlafen zu lassen. Sie würden sich umziehen, sich still ins Bett legen und sie würde die Nacht über wach bleiben, auf den Morgen warten, sich nicht bewegen, keinen Mucks von sich geben.

Einer der Männer sagte etwas. Sie konnte nicht sagen, woher, aber sie wusste, dass er es in ihre Richtung sagte. Alle Muskeln in ihrem Körper waren angespannt. Nur nicht bewegen, durch nichts zeigen, dass du wach bist! Er wiederholte seine Frage. War es eine Frage? Es klang wie ein Befehl, hart und rauh. Die andern fingen an zu lachen. Ihr Gesicht war an die Wand gepresst, es lag noch immer unter der Decke. Sie konnten sie nicht sehen, es war unmöglich, auch ihre Füße, deren lackierte Zehennägel sie hätten verraten können, waren verborgen. Ihr Haar vielleicht, ihre langen, braunen Haare, auf die sie so stolz war. Womöglich war sie doch nicht gut genug zugedeckt!

Sie hörte wieder eine Stimme, diesmal eine andere, die sie zu rufen schien und die sich – ihre Panik steigerte sich – ihrem Bett näherte. Eine Hand ergriff ihre Decke und schlug sie zurück. Die Luft war kalt. Sie konnte nicht schreien. Sie hätte schreien können, aber sie wollte es nicht. Es war ihr unbegreiflich, aber die Peinlichkeit, das ganze Haus zusammenzuschreien, schien ihr größer als ihre Angst.

Wieder dieses Gelächter. Es machte ihr angst. Es klang nicht freundlich oder auch nur erheitert. Eine gewisse Aggressivität lag darin, eine

Männlichkeit, die ihr unangenehm war. Wieder die Stimme, wie ihr etwas zu befehlen schien. In diesem Moment hatte sie bereits, ohne es zu wissen, beschlossen, sich nicht zu wehren. Noch immer lag sie da, zusammengekrümmt, das Gesicht mit den weit aufgerissenen Augen, die sie nicht schließen konnte, an die Wand gepresst. Sie konnte ihren Herzschlag spüren.

Warum lachten sie? Lachten sie über sie? Es war nur der Alkohol. Und diese Männlichkeit in ihren Stimmen … Derjenige, der ihre Decke zurückgeschlagen hatte, setze sich jetzt aufs Bett. Sie wagte nicht, hinzusehen. Sie ertappte sich bei dem Gedanken: Komm, mach schnell! Bring es hinter dich! Aber das alles musste gar nichts heißen, vielleicht hatten sie gar nicht vor … Unter dem, was sie vorhaben könnten, konnte sie sich nichts Genaues vorstellen. Wieder dachte sie an Markus.

Worüber unterhielten sie sich? Sie sprachen laut, ungehemmt, ein bisschen lallend, aber vielleicht lag das an der Sprache, die sie nicht kannte. Er stieß sie an, sie schaffte es nicht einmal, mit der Schulter zu zucken. Vielleicht, hätte sie eine irgendwie abweisende Bewegung gemacht, dann … Dann legte sich seine Hand auf ihren Hintern. Näherten sich die Anderen? Sie hatte das Gefühl. Die Hand bewegte sich nicht, sie lag einfach da, umschloss die Rundung ihrer linken Hinterbacke.

Dann begann er sie zu kneten, wie ein Stück Fleisch. Er streichelte ihren Hintern, berührte ihren Slip, zwei Finger fuhren unter den Stoff. Sie rührte sich nicht. Sie wusste nicht, was kommen würde. Ohne es zu verstehen, hatte sie sich damit abgefunden. Jetzt benutzte er beide Hände, drückte beide Backen zusammen, fuhr mit einem Finger ihre Falte entlang, streifte ihre Rosette.

Es war still geworden. Niemand sagte etwas. Eine dritte Hand streichelte ihren Arm, griff ihr in den Nacken, was ein unangenehmes Gefühl, ein starkes Prickeln auslöste. Der Zweite verstrubbelte ihr frisch geföntes Haar, fuhr von oben unter ihr T-Shirt, um ihre Schultern berühren zu können.

Sie testeten, wie weit sie gehen konnten. Sie

hätte gern geschrien, aber sie gab keinen Laut von sich. Vielleicht hätte ein winziges, kleines Zeichen genügt. Aber sie ließ es geschehen. Sie ließ es geschehen, dass der Erste ihren Slip abstreifte, ihre Oberschenkel betastete, während ein frisch rasiertes Gesicht ihren Hals küßte. Sie achtete kaum darauf, was geschah. Plötzlich lag sie nackt in diesem Bett, ein Dritter hatte sich an ihr zu schaffen gemacht, ihren Oberkörper zur Seite gebogen, damit er ihre Brüste lecken konnte. Sie spürte, wie ihre Brustwarzen hart wurden.

Als sich ein Finger in ihre Vagina bohrte, wurde ihr heiß. Es waren so viele Hände mit ihrem Körper beschäftigt, dass sie die Berührungen nicht mehr voneinander unterscheiden konnte. Aus einem Finger wurden zwei, und sie wurde langsam feucht. Jemand leckte sie. Nicht ihre Klitoris, sondern ihre Rosette. Ein erigierter Penis bat an ihrer Wange um Einlaß. Ohne nachzudenken öffnete sie den Mund und ließ ihn ein, begann reflexartig an ihm zu saugen.

Das Schmatzen des Schwanzes in ihrem Mund, ein leises Stöhnen, das von überallher zu kommen schien, waren die einzigen Geräusche im Zimmer. Nur kurz gab es Getuschel, jemand entfernte sich, machte sie an seinem Gepäck zu schaffen und kam wieder. Bald wurde ihr klar, dass er Präservative geholt hatte. Zwei große Hände fassten sie an den Lenden, schoben ihren Körper zurecht und befeuchteten ihre Vagina. Sie hörte nicht auf, an dem Penis in ihrem Mund zu saugen. Dann drang er in sie ein. Was heißt er? Irgendjemand. Sie hielt die Augen geschlossen, sie wollte sie nicht sehen. Waren sie alle fünf bei ihr? Sie konnte die Hände nicht zählen. Jemand leckte weiterhin an seine Brüsten, ein angefeuchteter Finger begann, ihre Klitoris zu massieren.

Sie stöhnte auf. Sie hatte dagegen angekämpft, aber es nützte nichts. Es gefiel ihr. Sie wusste, dass sie gerade von einer Gruppe Jugendlicher vergewaltigt wurde, aber es gefiel ihr. Sie hatte nichts getan, um sie davon abzuhalten. Aus Angst, hatte sie anfangs geglaubt. Aber es gefiel ihr, sie genoss es. All die Hände, Lippen, Zungen auf ihrem Körper … Sie ließen keine Stelle aus, sie fühlte die Stöße des Mannes, der über ihr lag, und sie wünschte sich, sie wären härter.

Unsanft wurde sie umgedreht. Er legte sich unter sie, hielt ihre Hüften in festem Griff. Mit einem lauten Klatschen stießen seine Hüften gegen ihre. Eine Zunge über fuhr ihren Arsch, durch ihre Falte, über ihre Rosette, bei der sie verharrte. Ein Anderer leckte über ihre Wirbelsäule, biss ihr in die Schultern, ein Vierter (oder derselbe? oder ein Fünfter?) massierte ihre Brüste.

Ein Geräusch der Lust entfuhr ihr, das aus ihrem Innern zu kommen schien, als sich ein Finger in ihren Arsch bohrte. Sie hatte Markus nie gewagt zu sagen, dass sie sich genau das wünschte … Eine Hand schlug klatschend ihren Hintern. Der Mann unter ihr hörte nicht auf, sie zu stoßen, in einer Geschwindigkeit, die ihr in diesem Moment unglaublich schien.

Sie hätte keine Lust empfinden dürfen. Diese jungen Tiere, diese schönen jungen Tiere, die unter ihr, auf ihr, neben ihr lagen, taten ihr Gewalt an. Sie durfte nicht! Aber sie wehrte sich nicht, sie lieferte sich ihnen aus, denn alles, was sie mit ihr machten, erregte sie.

Sie wechselten sich ab. Sie hatte das Gefühl, dass jeden Augenblick der Mann, der sich fickte, sich in einen anderen verwandelte. Sie kamen nie in ihr. Aber immer gab es einen, der sie fickte, einen, der ihre Brüste liebkoste, einen, der ihr den Arsch leckte, noch einen, noch einen … Als einer von ihnen in ihren Anus eindrang, schrie sie auf. Ihr Kopf wurde festgehalten und ein Penis ganz in ihren Mund geschoben, damit sie ruhig war. Sie hatte nicht vor, um Hilfe zu rufen. Die beiden Männer, die sie nahmen, bewegten sich nicht, und trotzdem hatte sie das Gefühl, ganz von ihnen ausgefüllt zu sein, von den beiden Schwänzen in ihrem Körper gespalten zu werden – und dennoch mit ihnen ein Ganzes zu bilden. Langsam begann sie sich zu bewegen, es war nicht mehr als ein sanftes Wiegen der Hüften.

Und dann kam sie. Der Orgasmus hatte kein Zentrum, er erschütterte jeden Nerv, jede Pore, jeden Muskel ihres Körpers. Sie flog und sank in Untiefen hinab, es erschütterte, zerstörte sie, ihr war schwarz vor Augen und dennoch war alles hell, voller Licht.

Es war das intensivste Gefühl, das sie jemals erlebt hatte, und nun war es egal, dass sie wieder auf den Rücken gelegt wurde und sie abwechselnd von allen genommen wurde. Sie machten sich nicht mehr die Mühe, Präservative überzuziehen, und spritzten nacheinander ihren Samen in sie, fünfmal, sie bekam kaum etwas davon mit.

Ihr Körper existierte nicht mehr, er war explodiert und in tausend Stücke zerfallen, von denen jedes in derselben Intensität erbebte. Es dauerte nicht mehr lange. Bald zogen sie sich zurück und legten sich, ohne ein weiteres Wort, in ihre Betten. Noch lange hörte sie das tierische Keuchen müder, erschöpfter, kraftloser Leiber. Eine Mischung aus Schweiß, Sperma und sexueller Ausdünstungen füllte den stickigen, warmen Raum.

Von der *autostrada* aus der traurige Anblick der römischen Vorstädte. Mit dem Sonnenaufgang hatte sie das Bett verlassen und ebenso schnell das Zimmer. Eine halbe Stunde lang hatte sie unter der heißen Dusche gestanden und sich vier- oder fünfmal (oder öfter?) eingeseift. Weinen konnte sie immer noch nicht. Sie konnte nichts fühlen außer der Scham und dem Schmutz auf ihrem Körper, der sich nicht abwaschen ließ, so oft sie es auch versuchte. Der Geruch ihres eigenen, schmutzigen Körpers ging ihr nicht aus der Nase. In einer Stunde würde sie in Rom sein. Sie hatte keine Lust, das Forum oder den Vatikan zu besuchen. Sie würde schlafen, den ganzen Tag. Und dann? Am Abend würde sie durch die Straßen gehen, ohne Ziel, sich auf die Spanische Treppe setzen, wo sich abends die römischen Jugendlichen und die Touristen trafen. Natürlich würde sie wieder angesprochen werden. Vielleicht von einem jungen, schönen Römer, der mit seinen Freunden unterwegs war. Vielleicht würden sie zu fünft sein, oder auch zu zehnt ...